KB240446

정조대왕의 효행길

이서원

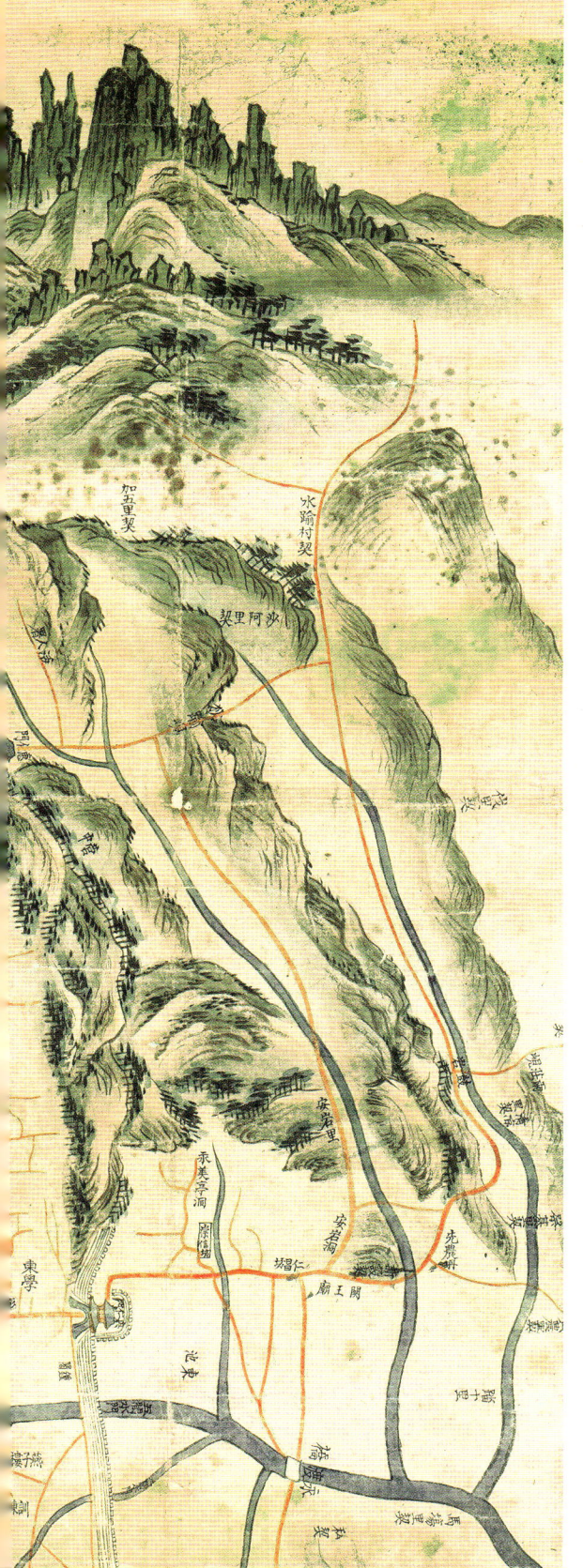

임오년 문정 앞뜰 벚꽃이 난만한데
지아비 뒤주 속에 아들만 바라본다.
한중록 모월 일들을 언급할 수 있으랴.

눈물이 이슬 되고 못 모셔 한이 되어
소쩍새 대신 울고 하현달도 아파한다.
이대로 다시 뵐 날을 뜻만 세워 보낸다.

영조의 가르침을 지혜로 익혀내고
경희궁 대전에서 인왕산 바라보며
묵묵히 시련을 견뎌 이겨내는 세월이다.

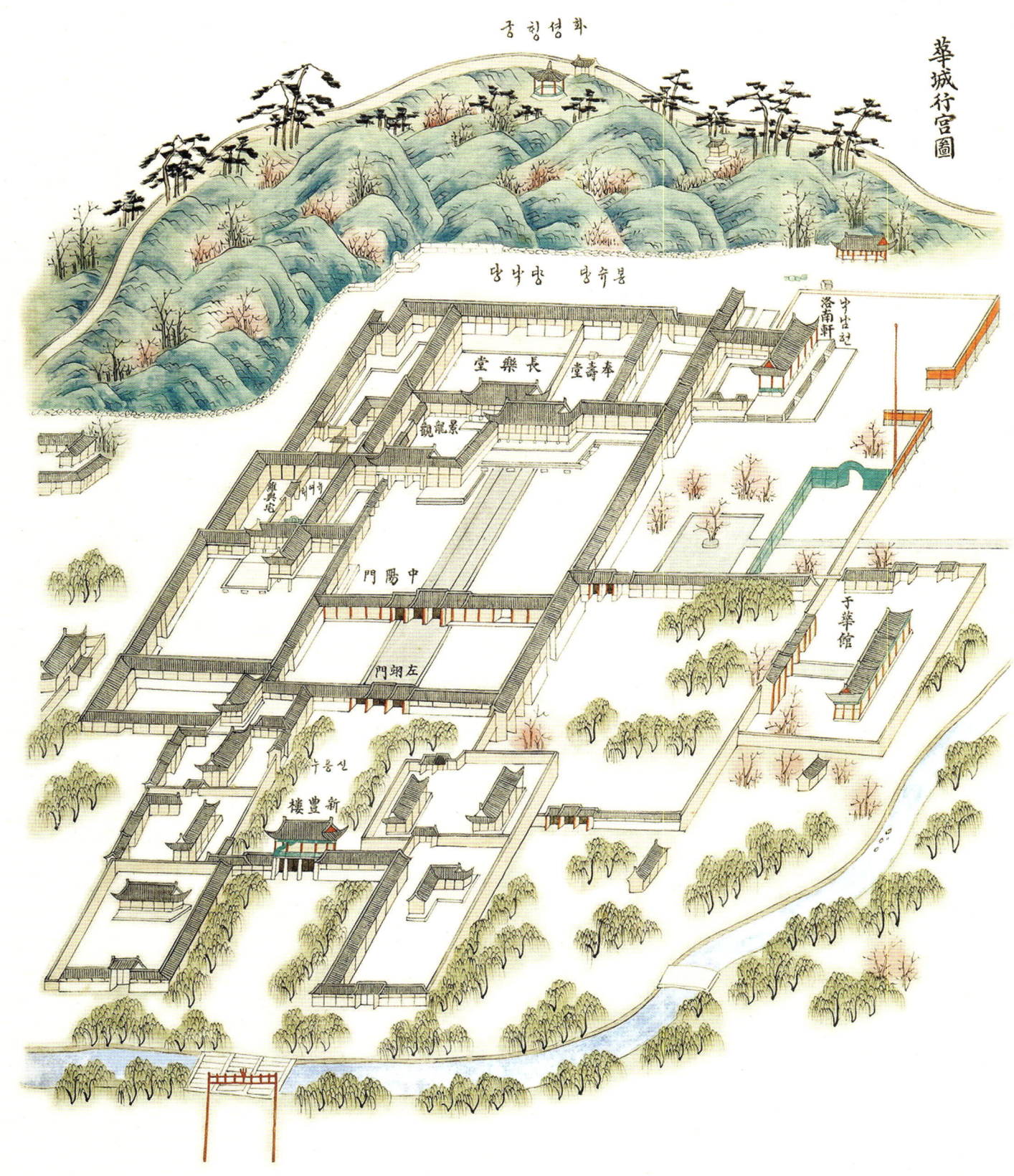

수원성 화성행궁 현륭원 만석거에
윗들논 아랫들논 온 동네 풍년이다.
꽹과리 크게 울린다, 어절씨구 얼씨구.

내탕금 구십만 냥 기꺼이 내어놓아
새 가마 지어내고 새 궁궐 나무 심고
온 백성 한마음으로 거친 길도 닦는다.

축만제 물이 가득 곳간엔 곡식 가득
왜적 키 훌쩍 넘어 화성은 높고 높아
노래와 취타대 소리 흥에 겨워 춤춘다.

창경궁 동틀 녘에
매화꽃 눈 비비고
새들도 지저귀니
취타대 나팔수다.
온 세상 크게 알리며
자궁가마 궁 나선다.

환호 속 종로대로
피맛골을 비워내고
원각사 10층 석탑
기원하는 평안함에
색동옷 입은 아이들
공작새도 안 부럽다.

교가군자

11

관광 온 인파 속에 아직도 한양 거리
숭례문 턱을 넘어 용산에 다다른다.
북소리 강강술래에 노들나루 앞선 곳

한강에 배를 모아 다리 위 홍살문에
혜경궁 사도세자 오작교와 비유한다.
강언덕 백성들 모여 꽃구름에 웃음꽃

舟橋圖
쥬교도

노강

13

雙轎馬二

군쥬쌍교
郡主雙轎

다리를 건너가자
개나리 노량행궁
참새들 흩어졌다
짹짹짹 다시 모여
중천의 용양봉저정
소리 가득 메운다.

雙轎馬二

군쥬쌍교
郡主雙轎

음식을 드신 후에
십리 길 발 띄운다.
가는 길 미음다반
관악산 우뚝 선 곳
새소리 멈춘 시간에
시흥행궁 닿는다.

《 둘째 날(윤2월 10일) 》

둘째 날 이른 아침 궂은날 드리워도
신작로 재촉하고 안양참 평탄한 길
이곳은 사근참행궁 점심상을 들인다.

비 오는 날씨에도 세 번의 나팔 불어
행행길 출발하나 아무렴 허허롭다.
아들 산(祘) 마음이려니 하늘이여 도우소서.

어의를 적시는데 길은 멀고 해 기울어
마음은 벌써 저기 현룡원 닿아간다.
어서야 부모님 은덕 달려가서 볼까나.

17

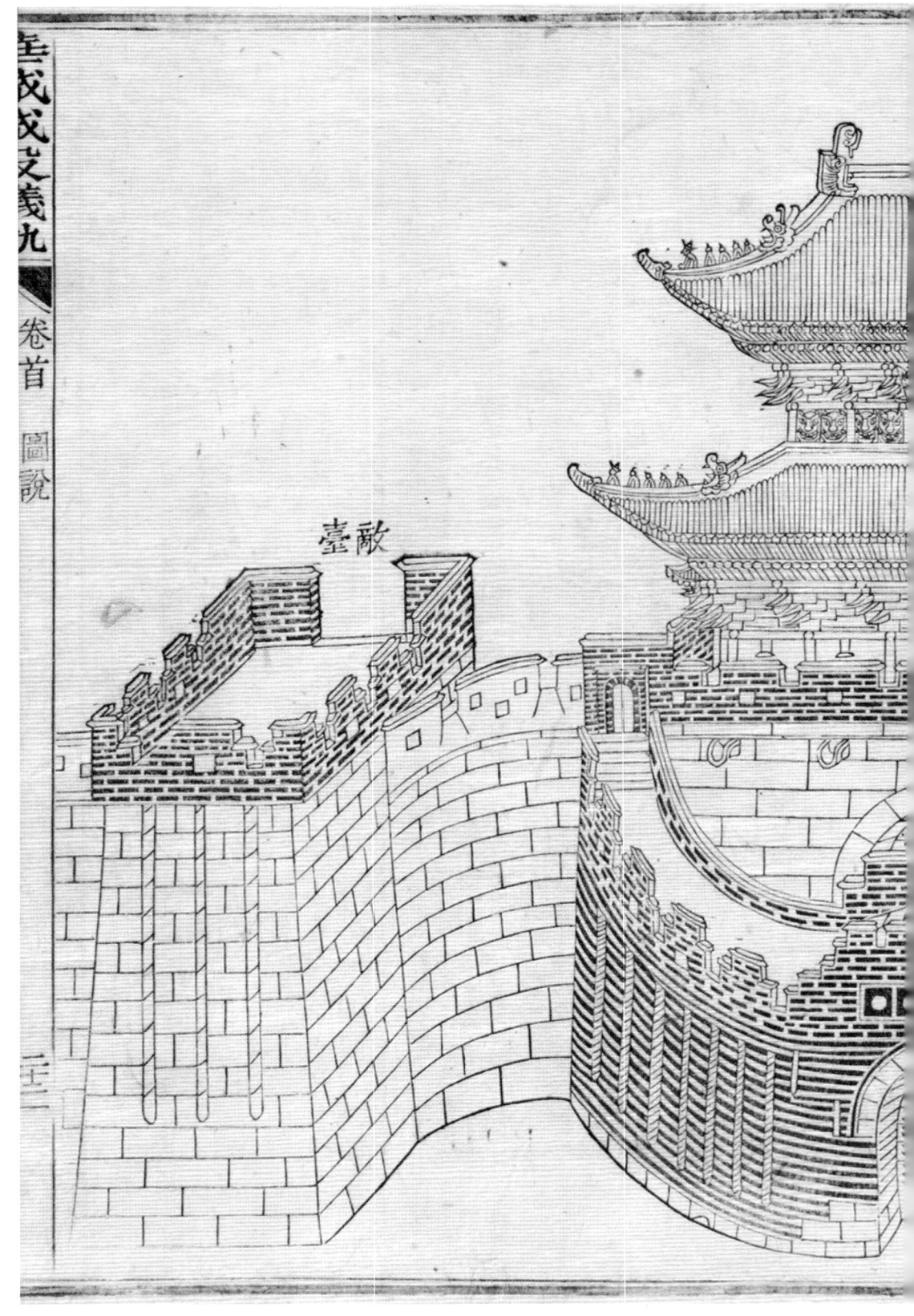

敵臺

長安門外圖

城坡行信車

敵臺

장용영 고취 소리
힘차게 나아가리.
저 멀리 장안문이
이 봄비 맞아주고
만효자 정조대왕께
온 백성이 절을 한다.

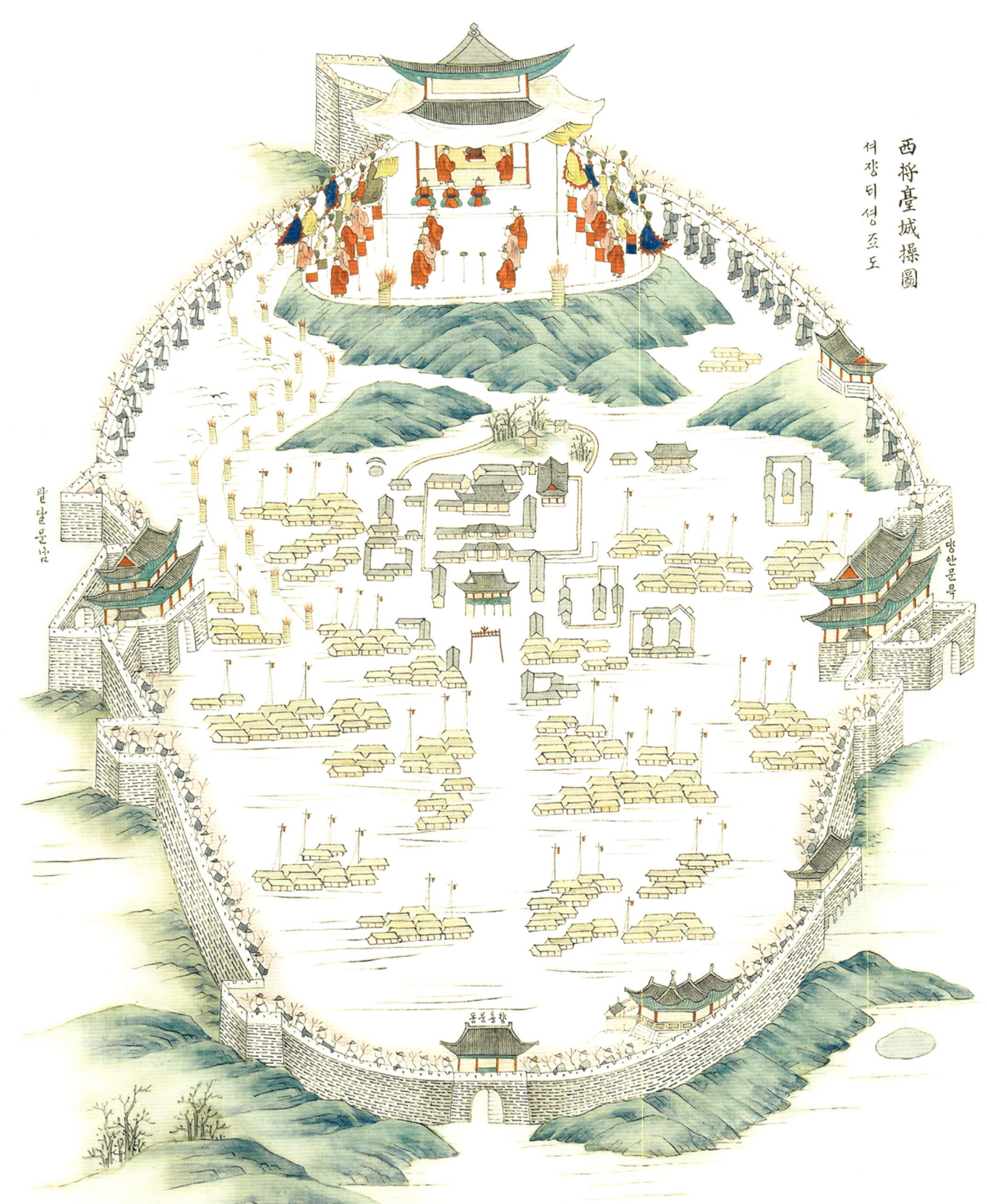

西將臺城操圖

서장티셩죠도

팔달산 정상에는 서장대 위치하고

그 아래 화성행궁 봉수당 신풍루와

화홍문 방화수류정 장안문과 팔달문

낱낱이 계획 세워 기록으로 남아 있다.

환란의 수원화성 이겨낸 모진 세월

온 백성 정조와 함께 한마음에 한뜻이다.

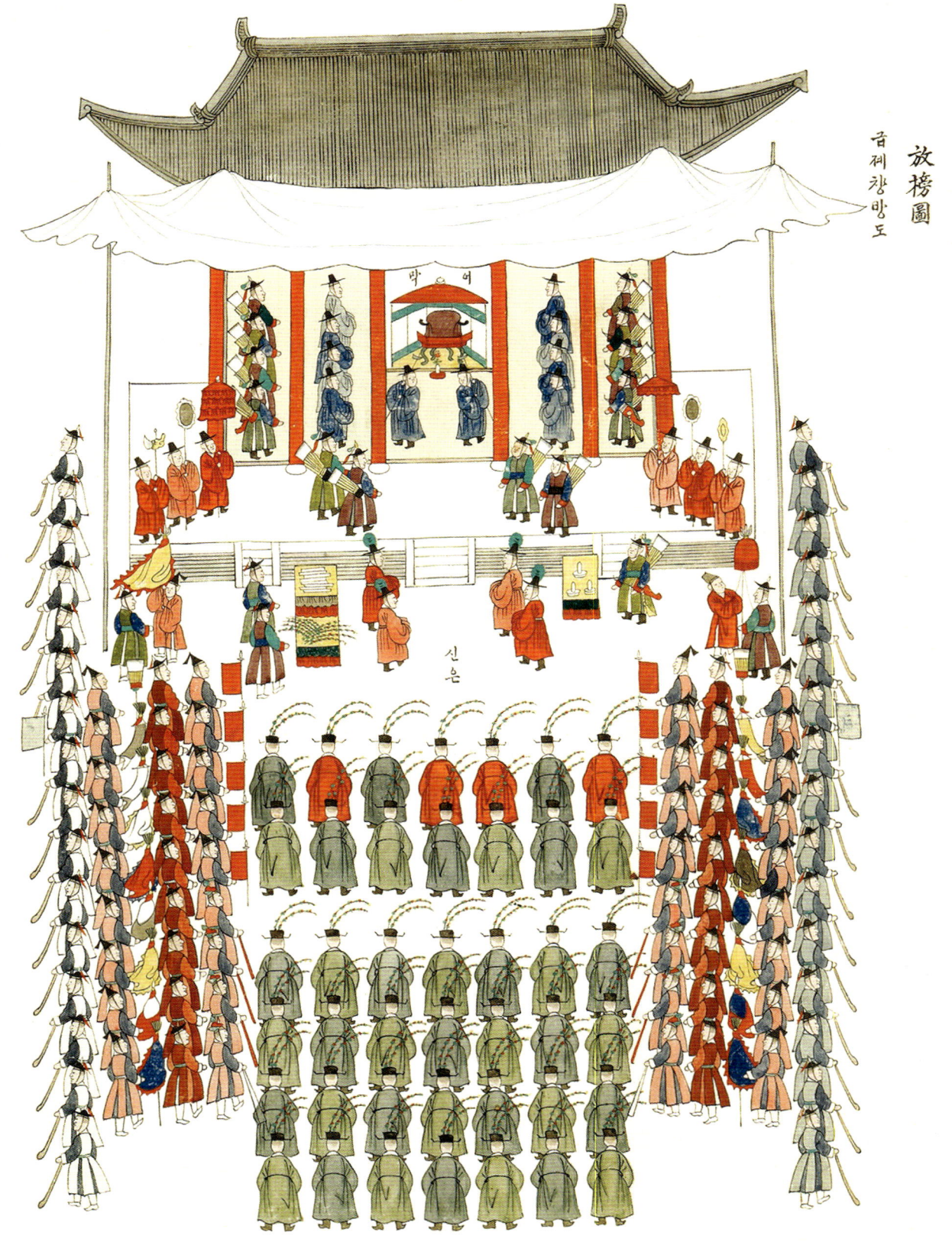

放榜圖
금제창방도

어
막

신은

《 셋째 날(윤2월 11일) 화성에서의 첫날 》

향교의 유교 제례 문무과 별시 연다.

봉수당 진찬습의, 효행의 기본인데

이십 년 어른 마음을 이제서야 이룰까.

우리의 영웅들이 아직껏 전해온다.

반딧불 눈과 함께 솜씨가 자라나면

이보다 더한 효행은 그 어디에 있을까.

《 넷째 날(윤2월 12일) 화성에서의 둘째 날 》

아버지 장헌세자 모셔진 현륭원에
옷소매 세월 매단 혜경궁 모셔 오자
장밖에 서글픈 감회 억누르기 힘들다.

애닯고 비통하여 이 눈물 멎어질까
이 마음 말 못 하여 이제야 찾았구나.
아무렴 다시 만나리 연모하는 그대여.

26

奉壽堂進饌圖
봉수당진찬

니외반

오랜 꿈 이뤘구나 화성의 이날이여.

신하와 만민 백성 모두의 도움이라.

마음에 흩뿌린 눈물 오늘에야 그치나.

오랜 날 풍전등화 지혜와 어진 마음

신하도 탄복하고 온 백성 감화하여

열한 살 동궁 세자가 긴 소원을 이룬다.

팔달산 장대에서 효시를 높이 쏘자

장용영 외침 소리 대포의 포성 소리

낮부터 한밤중까지 용맹함이 불꽃 튄다.

<< 다섯째 날(윤2월 13일) 화성에서의 셋째 날,

성대한 회갑잔치 – 진찬례(進饌禮) >>

불로초 일월산천 죽송학 거북 사슴

성은이 해와 같아 어디 아니 밝겠는가.

옥처럼 빛나는 존영 만수무강 기원한다.

꽃에는 사화봉을 춤에는 선유락을

연주엔 여민락이 혜경궁 진찬례에

수작을 들어 올리며 천세천세 천천세.

船遊樂
선유악

31

鶴舞
학무

32

《여섯째 날(윤2월 14일) 화성에서의 마지막 행사,

백성과 함께 하는 양로연와 불꽃놀이 》

백성에 쌀 나누고 양로연 열었으니

모두가 인심 좋고 내일도 좋겠지요.

빈객의 서생원님도 방방곡곡 눈망울

흰쌀죽 배부르게 부침개도 내어놓아

양고기 돼지 수육 맛 좋다 하거니와

내 것도 드셔보시오, 자네 것도 좋군요.

노인들 흥이 나서 꽃 들고 비단 들고

얼씨구 어절씨구 아리랑 아라리오.

이 세상 행복이구려, 천세천세 천천세.

《 활쏘기와 불꽃놀이 》

기쁨의 해 기울자 활쏘기 달빛 축제
질쏘냐 매화 불꽃 아이들도 깜짝 놀라
궁 밖도 함께 즐긴다 천세천세 천천세.

앞서니 남인 실학 뒤서니 노론 북학
이치는 실사구시 조선의 개화 꿈꿔
수많은 강을 비추는 달과 같은 임금님

현륭원 하직하고 귀경길 노송지대
어느 날 다시 뵐까, 잊힐까 슬프구나.
지지대 고개 위에서 돌아보며 가누나.

《 여덟째 날(윤2월 16일) 화성에서의 여섯째 날 》

백성을 불러내어 대화를 나누고서

환곡을 탕감하고 온전을 베푼 정에

정조의 말씀 듣고서 송축하며 물러난다.

新豊樓 賜米圖
신풍루사미도

41

駕後禁軍五十人五馬作隊

小辛言乙

명도표긔
標旗

42

《 돌아오는 길 》

원행길 아쉽구나,
장승배기 비껴 지나
뱃사공 치하하고
신하들을 격려한다.
배다리 잔잔한 강물
왕 마음과 같이한다.

한강을 건너온 후
삼각산 산봉우리
종묘를 바라본다,
돌아온 창경궁아.
그렇지 아리랑 세상
아라리오 아리랑.

《 돌아온 후 혜경궁 탄신일 기념 행사와 의궤정리 》

혜경궁 탄신하신 유월의 열사흘은

신하들 뜻하지만 소박하게 치루어라.

창경궁 연희당에서 다시 한번 모시네.

천년의 축제여라 기록을 남기어라.

많은 이 기억하고 이 행사 빛내어라.

서로를 존경하여라 행복하게 살아라.

《 돌아온 후 소회 》

부모를 언제 볼까 효도를 아뢰어라.

풍운도 한때이니 늦었다 원망 마라.

그대여 세월 흐르니 다시 한번 새기라.

효도를 아뢰어라 늦었다 원망 마라.

그래야 좋은 세상 그래야 밝은 세상

그렇지 아리랑 세상 아라리오 아리랑.

옛날은 그러한데 지금도 그러한가.

윗사람 아랫사람 꿈꾸는 대동세상

그 이치 우리가 모두 실행하면 이루리.

이렇게 정조 이산(祘)이 마련한 성대한 효행길*이 어머니와 신하,
백성 모두에게 칭송받으며 막을 내렸습니다.
조선시대 535년 동안 총 940회의 능행이 이루어졌습니다.
그 중에서도 1795년의 이번 효행길은 수원화성의 완공과 더불어
어머니 혜경궁 홍씨를 모시고 현륭원을 다녀오고, 회갑잔치와
과거시험을 치르는 등 특별히 의미가 있습니다.

정조는 사도세자가 임오화변을 맞은 후
아버지에 대한 슬픈 마음과 어머니가 겪었을 큰 고통을 이해하고,
조선의 국왕으로서 리더쉽과 애민정신으로 선정을 베풉니다.
이것은 세종대왕 이후 조선의 문화, 사회, 정치, 민생 등
모든 분야에 걸쳐 꽃피울 수 있는 바탕이 되었으며,
후일 그를 '정조대왕'이라고 부르는 이유이기도 합니다.

* 왕의 궁밖 나들이를 총칭하여 행행(幸行) 또는 거둥이라 한다. 왕과 왕비의 무덤에
  가는 행행을 능행이라하고, 세자의 무덤에 가는 것을 원행이라 한다.
  1795년 정조가 실행한 8일간의 원행은 을묘년으로 을묘원행(乙卯園幸)이라 한다.
  이 책에서는 효행길이라 하였다.

정조대왕의 효행길
해 설

정조대왕의 효심이 지극하여 온 백성이 마음과 정성을 모아 치른 8일간의 행사입니다. 경기도 화성을 다녀온 행차는 1795년, 정조가 어머니 혜경궁 홍씨와 돌아가신 아버지 사도세자를 그리워하며 묘소인 현륭원을 참배하고, 동갑인 두 분의 회갑잔치를 기념하는 행차입니다.

원행은 을묘년, 정조 19년 윤2월 9일부터 16일(양력 3월 29일~4월 5일)까지 8일간 이루어졌습니다. 모든 행차를 마친 후『원행을묘정리의궤』의 반차도를 만들고 이를 모본으로『원행정리의궤도』를 그립니다.

작가는 정조의 효행을 되새기고자 당시의 시대상과 남겨진 기록을 반영하여 작가의 상상과 이야기를 통해 시조를 썼으며, 부록의 해설을 통해 좀 더 쉽게 이해할 수 있도록 하였습니다. 또한『원행정리의궤도』의 그림을 현대적으로 복원하고, 3개의 그림을 추가로 삽입하여 이해를 돕도록 하였습니다.

효행길 배경에 많은 일이 있었습니다

> 임오년 문정 앞뜰 벚꽃이 난만한데
> 지아비 뒤주 속에 아들만 바라본다.
> 한중록 모월 일들을 언급할 수 있으랴.

임오년(1762년) 창경궁에는 벚꽃이 흐드러지게 피었건만, 사도세자는 문정전 앞에 놓인 뒤주에 갇히게 됩니다. 문정전은 영조의 아내인 정성왕후의 혼전으로 위패를 모셔 놓고 참배하던 곳입니다. 갇혀 있던 사도세자는 며칠 후 어렵게 뒤주에서 탈출하여 궁을 배회하던 차에 다시 붙잡혀 갇히게 됩니다. 이때 뒤주는 문정전 왼편의 다리 건너로 옮겨졌다고 합니다. 용서해달라는 외침도 내리는 빗소리에 묻힙니다. 그 비는 뒤주 속 사도세자의 마지막 마른 입을 축여 주었습니다. 그리고 뒤주에 갇힌 지 8일 후 돌아가시게 됩니다.

이러한 일련의 모든 비극적인 일을 사도세자의 부인인 혜경궁 홍씨가 모를 리가 없습니다. 감히 영조의 어명을 거스를 수가 없었던 그녀는 어느 내전의 기둥에 몸을 기댄 채 아들을 감싸안았습니다. 그리고 후일 한중록[01]에 당시의 마음을 기록하였습니다.

> 눈물이 이슬 되고 못 모셔 한이 되어
> 소쩍새 대신 울고 하현달도 아파한다.
> 이대로 다시 뵐 날을 뜻만 세워 보낸다.

당시 정조는 11살에 불과했지만 아버지 사도세자가 비운으로 생을 달리한 사정을 누구보다도 잘 알고 자신보다 어머니를 헤아릴 줄 아는 효자였습니다. 그리고 엄한 할아버지 영조 밑에서 살얼음판 같은 삶을 살게 됩니다.

매일 아침, 눈물은 이슬처럼 맺혀지지만 여윈 아버지를 애처로이

그리워할 뿐입니다. 궁에서 가까운 배봉산 아래 수은묘(垂恩墓)[02]에 묻혀 있거늘 찾아가기 쉽지 않은 사정이야 어찌 말로 표현할 수 있겠습니까. 소쩍새가 대신 우니 그때마다 훌쩍이는 마음이고, 밤하늘 하현달을 바라보니 그 모양마저 마음을 찌릅니다. 그러나 언젠가는 다시 볼 수 있는 날을 믿으며 노력합니다.

어린 정조는 경희궁으로 거처를 옮기고 영조의 가르침을 받습니다

> 영조의 가르침을 지혜로 익혀내고
> 경희궁 대전에서 인왕산 바라보며
> 묵묵히 시련을 견뎌 이겨내는 세월이다.

할아버지 영조의 지시로 창경궁에서 경희궁으로 거처를 옮깁니다. 여기서 할아버지 영조에게 점차 나라를 이끌어갈 왕으로서 덕목을 갖춰 가는 가르침을 받습니다. 드디어 1776년 24세에 왕위에 오르지만, 왕위에 오른 첫해에 여러 차례 자객의 습격을 받습니다. 사도세자를 죽음으로 내몬 노론 벽파의 신하들은 정조가 왕위에 오른 것이 못마땅했던 것이었습니다. 그럼에도 정적들을 내치기보다 통합하려 노력했고, 할아버지 영조가 추진해 온 탕평책과 왕조 중흥의 업을 이루기 위해 인내와 영도력이 필요하다는 것을 잘 알고 있었습니다.

정조가 24세에 왕위에 오른 후 을묘년 효행길을 위해 많은 노력을 기울입니다

> 수원성 화성행궁 현륭원 만석거에
> 윗들논 아랫들논 온 동네 풍년이다.
> 쨍과리 크게 울린다, 어절씨구 얼씨구.

---

[01] 읍혈록(泣血錄)이라고도 한다.

[02] 현재 휘경동 삼육서울병원 자리에 위치. 추후에 영우원으로 부르다가 화성으로 옮겨진 뒤 현륭원으로 부르게 됨. 참고로 유택(幽宅)은 격에 따라 묘(墓), 원(園), 능(陵)으로 부른다.

내탕금 구십만 냥 기꺼이 내어놓아
새 가마 지어내고 새 궁궐 나무 심고
온 백성 한마음으로 거친 길도 닦는다.

정조는 1789년 사도세자의 묘소를 배봉산 영우원에서 현륭원으로 옮긴 뒤 11년 동안 총 13번의 원행을 다녀왔습니다. 정조는 원행 3년 전인 1792년에 '을묘년은 초유의 큰 경사가 있는 해로 자궁(慈宮)[03]의 마음을 위로하고, 다른 한편으로는 아들로서의 정성을 조금이나마 펼치려 한다'라고 선언합니다. 이는 어머니와 사도세자의 회갑잔치이며, 효의 표현을 뜻합니다.

행사를 위해 내탕금을 내어 화성과 행궁, 도로공사 등 많은 공사를 명합니다. 주변에는 척박한 토지를 개간하여 대유평을 만들고 수리시설을 조성하는데 화성 북쪽에 만석거와 만안제, 서쪽에 축만제, 남쪽에 만년제가 그것입니다.

어머니를 모시고 효행길 행차를 출발한 인원은 1,600명이고 관리 인원, 매복 군인과 화성 현지에 미리 내려간 인원을 모두 합하면 6,400여 명이나 되었습니다. 지금까지 행차는 서울에서 과천을 넘어 다녔지만, 과천 고개를 넘어 가는 길이 여간 불편한 것이 아니라는 생각에 노량행궁에서 시흥 방향으로 돌아가기로 합니다. 한강을 건너기 위한 배다리를 만들고 어머니를 태운 가마가 잘 지나갈 수 있는지 예행연습도 실시합니다. 현재의 시흥대로도 당시 효행길의 하나입니다.

축만제 물이 가득 곳간엔 곡식 가득
왜적 키 훌쩍 넘어 화성은 높고 높아
노래와 취타대 소리 흥에 겨워 춤춘다.

『단원풍속도첩』, 27.8x23.8cm, 국립중앙박물관 소장
위 그림 『논갈이』, 아래 그림 『씨름』 단원 김홍도 그림.
정조는 바깥 세상의 백성들이 살아가는 모습이 궁금했을 것입니다. 그리하여 궁중 화원인 김홍도에게 삶의 현장을 그려 오도록 명한 것이 바로 '김홍도의 풍속화'라고 합니다.

03) 자궁(慈宮): 왕세자(사도세자)가 왕위에 오르기 전에 죽고, 왕세손(정조)이 즉위하였을 경우에 죽은 왕세자의 빈(嬪)을 통칭하는 표현. 여기서는 정조의 어머니인 혜경궁 홍씨를 말한다.

많은 백성도 정조의 효심에 탄복하여 열심히 일하였습니다. 공사 중 혹한기가 있어서 공사 연장 기간을 빼면 불과 2년여 만에 공사를 마칠 수 있었습니다. 정약용의 거중기 등 최신 기술도 도입되었습니다. 일부 시설은 효행길 이후에도 계속되었습니다.

공사를 마친 후에 『화성성역의궤』라는 보고서를 만들도록 합니다. 이 책에는 정조대왕의 애민정신이 잘 나와 있습니다. 공사에 참여하여 수고한 수많은 노동자의 이름과 주소, 근무일수가 기록되어 있으며, 품삯도 하루의 반나절만 일한 것도 지급하였다고 합니다. 이전에 강제적인 부역노동이 고용임금제도로 변모한 것입니다.

화성은 튼튼하고 높으며, 저수지에는 물이 넘실거리고, 곳간마다 곡식이 가득하니 백성들은 편안하게 살아갈 수 있는 세상입니다. 실제로 여러 해 동안 이 지역은 자연재해가 별로 없었다고 하니, 하늘도 정조대왕의 효심을 알고 있었나 봅니다.

첫째 날(윤2월 9일)
드디어 행차가 출발합니다

창경궁 동틀 녘에 매화꽃 눈 비비고
새들도 지저귀니 취타대 나팔수다.
온 세상 크게 알리며 자궁가마 궁 나선다.

환호 속 종로대로 피맛골을 비워내고
원각사 10층 석탑 기원하는 평안함에
색동옷 입은 아이들 공작새도 안 부럽다.

정조는 창덕궁 영춘헌을 나와 수정전에서 할머니(정순왕후)께 인사를 올렸습니다. 할머니가 궁에 계시기 때문에 자신의 비(妃, 효의왕후 김씨)를 궁궐에 남게 했습니다. 창경궁에 아침 해가 뜨기 직전 세 번의 북이 울리며 행차를 준비하는 소리에 철 지난 매화가 눈을 비비며 봉오리를 틔웁니다. 복사꽃도 시기합니다. 여기저기 새

들도 지저귑니다. 300여 마리의 말들과 무려 1,600여 명이 출발한다고 생각해 보면 장관이 아닐 수 없습니다.

지나는 거리마다, 행궁마다 행차를 맞이할 준비로 한양과 경기도 곳곳이 분주합니다. 정조와 어머니 혜경궁 홍씨, 왕의 누이인 청연군주, 청선군주 그리고 고관대작들과 어깨를 한껏 치켜올린 당당한 병사들이 취타대 소리가 온 세상에 울려 퍼지자, 행차를 시작합니다. 색색의 깃발과 난생처음 보는 아름다운 가마의 모습, 말굽 소리 웅장하여 저절로 흥이 나고 가슴이 뜁니다. 아마도 혜경궁 홍씨는 가마 안에서 감격에 겨웠을 것입니다.

종로거리 원각사 10층 석탑도 보입니다. 서민들도 행차가 있으면 피맛골로 피해 다닌다는데, 이날만큼은 오히려 텅텅 비어났을 것입니다. 정조의 효행길 행차가 있다 하니 아이들은 도령옷, 색동옷 입고, 백성들은 삼삼오오 모여 종로거리가 환호 속에 난리가 났습니다.

관광 온 인파 속에 아직도 한양거리
숭례문 턱을 넘어 용산에 다다른다.
북소리 강강술래에 노들나루 앞선 곳

한강에 배를 모아 다리 위 홍살문에
혜경궁 사도세자 오작교와 비유한다.
강언덕 백성들 모여 꽃구름에 웃음꽃

'관광하다'라는 말은 '왕을 보다' '왕의 행차를 구경하다'라는 뜻이었다고 합니다. 당시만 해도 왕이 궁 밖을 나가는 일이 1년에 몇 차례 안 되니 그야말로 '관광'할 일입니다. 왕 또한 바깥세상의 백성들이 살아가는 모습 하나하나가 궁금했을 것입니다. 그리하여 궁중 화원인 김홍도에게 삶의 현장을 그려 오도록 명한 것이 바로 '김홍도의 풍속화'라고 합니다. 여러분도 국립중앙박물관에 가서 실제의 풍속화를 보기 바랍니다.

『화성성역의궤』, 34.2X21.9cm, 국립중앙박물관 소장
금속활자인 정리자(整理字) 사용.
1794년(정조 18) 1월부터 1796년 (정조 20) 8월까지, 수원 화성
성곽을 축조한 내용을 낱낱이 기록한 책자이다. 이 책을 바탕으로
한국 전쟁 등으로 인해 파손된 수원화성을 복원하여 유네스코 문화
유산에 등록될 수 있었다.

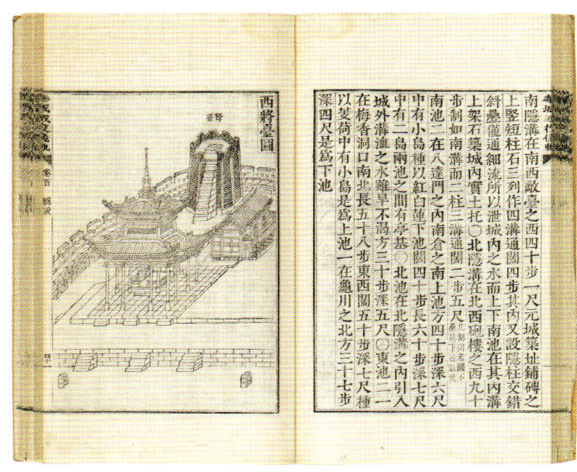

위의 책자 중 『서장대도』 부분

정조는 행차를 자주 하였다고 합니다. 그중에서 이번 효행길 행차는 가장 의미 있고 큰 행차입니다. 그 행렬이 얼마나 길었던지 남대문이 보일 즈음, 창경궁에서 마지막 행렬이 막 출발하였답니다. 지금도 장안에 삼취 소리와 환호가 들리는 듯합니다.

드디어 한강에 도착합니다. 서해를 오가던 배들을 불러 모아 만든 배다리 앞입니다. 배다리를 만들 때 이야기입니다. 큰 배들은 가운데 두고 점차로 작은 배들을 양쪽에 쭉 연결하여 배의 상판에는 나무를 덮습니다. 물결에 배들이 계속해서 흔들리기 때문에 각별한 주의가 필요했습니다. 신하들이 몇 차례 안을 올렸지만, 정조가 직접 수정하였습니다. 이때 배에는 손상을 주지 않기 위해 못질을 하지 않았다고 합니다. 강물의 흔들림을 받아주기도 하고 해체할 때 편리함을 위해서라고 합니다.

그리고 양끝단과 가운데 각각 하나씩 3개의 홍살문을 세우고 다리의 난간에는 깃발을 세워 그 위엄과 멋을 한껏 표현하였습니다. 마치 혜경궁 홍씨가 건너니 사도세자가 다리 위에서 맞이해주는 모습이 그려지는 오작교 같습니다. 강 건너 노량행궁 주변에는 좋은 위치에서 구경하기 위한 사람들로 한바탕 소란이 벌어졌습니다. 꽃들도 서로 얼굴을 내밀치며 행차를 맞아주고 있습니다.

> 다리를 건너가자 개나리 노량행궁
> 참새들 흩어졌다 짹짹짹 다시 모여
> 중천의 용양봉저정 소리 가득 메운다.
>
> 음식을 드신 후에 십리 길 발 띠운다.
> 가는 길 미음다반 관악산 우뚝 선 곳
> 새소리 멈춘 시간에 시흥행궁 닿는다.

배다리를 건너가니 노량행궁입니다. 노량행궁 앞에는 백성뿐만 아니라 벚꽃이며 진달래, 개나리, 복사꽃, 이름 모를 꽃들까지 모두 놀라 깨어났습니다. 여기서 작가는 개나리 노량행궁이라는 언어유희를 통해 봄날의 화려한 행차를 더욱 실감 나게 표현하고 있습니다. 개나리의 '노랑'과 노량행궁의 '노량'을 연결시키고 있는 것이죠. 또 참새의 움직임과 소리를 통해 당시의 상황을 연상하고 있기도 합니다. 노량행궁 용양봉저정[04]에 강을 건너느라 긴장하신 혜경궁 홍씨가 도착하였습니다. 이른 새벽부터 지금까지 계속된 행진이었습니다. 혜경궁 홍씨는 잠시 숨을 고르고 쉬신 후에 정조가 전해주는 미음다반을 받아 드셨습니다. 정조는 조선의 임금이기 이전에 효심 가득한 아들이었습니다.

오후에도 행렬은 계속되었습니다. 행여 불편한 점이 없으신지 행차를 멈추고 어머니를 살펴보기도 하였습니다. 장승배기를 지나 우뚝 선 관악산을 바라보며 왼편으로 크게 돌아서 해 질 녘에 시흥행궁에 다다랐습니다.

둘째 날(윤2월 10일)
비가 오지만 길을 더욱 재촉합니다

둘째 날 이른 아침 굳은날 드리워도
신작로 재촉하고 안양참 평탄한 길
이곳은 사근참행궁 점심상을 들인다.

비 오는 날씨에도 세 번의 나팔 불어
행행길 출발하나 아무렴 허허롭다.
아들 산(祘) 마음이려니 하늘이여 도우소서.

시흥행궁에서 하룻밤을 보냈습니다. 이른 아침에 일어나니 비가 올 것 같은 날씨입니다. 길을 재촉하여 안양참을 통과하고 청천평의 넓은 평원을 지납니다. 이윽고 사근참행궁에 도착하여 어제와 같이 혜경궁 홍씨에게 점심상을 올려 드렸습니다.

오후가 되니 정조는 걱정이 앞서 길을 재촉합니다. 초봄이라 아직

은 날씨가 춥습니다. 신하가 정조에게 비를 좀 피했다가 가는 것이 좋을 듯하다고 제안을 하지만, 비를 맞은 상태에서 쉬는 것은 안 쉬는 것만 못하다는 말만 듣습니다. 그러나 뒤따라오는 긴 행렬도 비를 맞는 모습을 보니 정조의 마음도 편하지 않습니다.

어의를 적시는데 길은 멀고 해 기울어
마음은 벌써 저기 현륭원 닿아간다.
어서야 부모님 은덕 달려가서 볼까나.

장용영 고취 소리 힘차게 나아가리.
저 멀리 장안문이 이 봄비 맞아주고
맏효자 정조대왕께 온 백성이 절을 한다.

많은 신하와 공주와 궁녀, 병사들은 말과 가마를 타고 가거나 걸어갑니다. 빗소리도 나팔 소리에 밀려 납니다. 비에 젖은 거친 길도 현륭원을 향한 씩씩한 행렬을 멈추게 할 수는 없습니다. 그렇다고 마냥 달려갈 수도 없습니다. 정조는 환갑 나이의 혜경궁 홍씨를 걱정하며 안부를 묻습니다. 그즈음 내리던 빗줄기가 잦아졌습니다. 다시금 장용영 고취 소리 드높여 힘차게 나아갑니다.

저 멀리 장안문이 보이고 화성 유수가 비에 젖은 땅바닥에 엎드려 효행길을 맞이합니다. 정조는 왕으로서 풍모를 지키며 짐짓 태연한 모습으로 말에서 내려와 태수를 일으켜 세우고 화성행궁으로 들어갑니다. 군신 관계가 이토록 아름다운 적이 없었습니다. 성 안팎으로 온 백성의 환호성이 울려 퍼집니다. 드디어 한양에서 출발한 긴 행렬이 장안문을 통해 들어갑니다.

팔달산 정상에는 서장대 위치하고
그 아래 화성행궁 봉수당 신풍루와
화홍문 방화수류정 장안문과 팔달문

---

04) 노량행궁의 전각중 유일하게 서울특별시 동작구 노량진로에 현존하고 있음.

낱낱이 계획 세워 기록이 남아 있다.
환란의 수원화성 이겨낸 모진 세월
온 백성 정조와 함께 한마음에 한뜻이다.

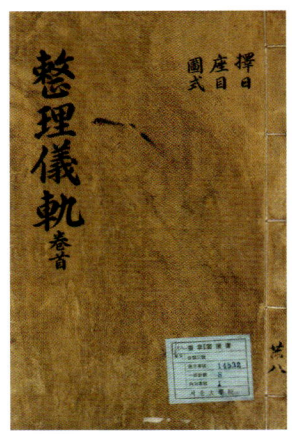

『원행을묘정리의궤(園幸乙卯整理儀軌)』,
규장각한국학연구원 소장
본 책의 인쇄를 위해 금속활자인 정리자(整理字)를 만들었다.
1795년 원행을 날짜별로 정리하여 2년 후인
1797년 간행한 의궤.

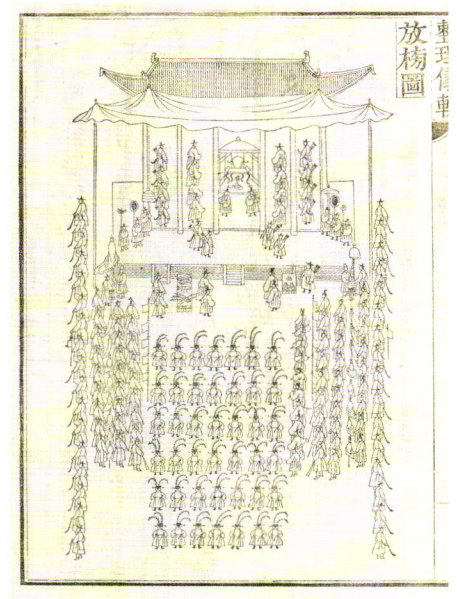

위의 책자에 실린 문무과 과거시험의
합격자 발표 공개의식을 그린 『방방도(放榜圖)』

정조는 배봉산 영우원에서 아버지 사도세자(장헌세자)를 이곳 화성 현륭원으로 이장하고, 왕에서 물러난 후에 혜경궁 홍씨와 함께 이곳으로 내려올 마음이었습니다.

정조의 효심이 축성의 근본이 되었을 뿐만 아니라 당쟁에 의한 당파정치 근절과 강력한 왕도정치의 실현을 위해 지어진 것입니다. 정조는 자신이 꿈꾸는 이상 도시를 만들기 위해 오랫동안 대신들과 의논하며 철저하게 계획하고 실천한 것입니다. 수도 남쪽의 국방 요새로서, 경제적으로는 부강한 도시를 만들고자 했던 정조의 뜻과 실학 정신이 반영되었으며 무엇보다도 이상향에 부모를 모시고자 했던 정조의 효심이 바탕이 되었던 것입니다.

시대적으로는 국가가 노임을 전혀 지급할 필요가 없는 부역제도가 있었음에도 불구하고 일반 건설 현장과 같은 적절한 노임을 지급하였습니다. 그뿐만 아니라 계절변화에 따른 무더위와 맹추위에도 일하는 사람을 위한 약재와 털모자를 준비해 주는 등 애민정신도 잊지 않았습니다.

『화성성역의궤』에 축성계획, 제도, 법식뿐 아니라 동원된 인력의 인적사항, 재료의 출처 및 용도, 예산 및 임금계산, 시공기계, 재료가공법, 공사일지 등이 상세히 기록하여 후대에 표본이 될 수 있도록 하였습니다.

200여 년 세월 동안 수원화성은 전쟁 등 모진 풍파를 이겨내고 『화성성역의궤』를 기본으로 복원되고 관리되고 있으며, 1997년에는 유네스코 세계문화유산에 등록되었습니다.

셋째 날(윤2월 11일)
화성에서의 첫날입니다

향교의 유교 제례 문무과 별시 연다.
봉수당 진찬습의, 효행의 기본인데
이십 년 어른 마음 이제서야 이룰까.

우리의 영웅들이 아직껏 전해온다.
반딧불 눈과 함께 솜씨가 자라나면
이보다 더한 효행은 그 어디에 있을까.

한양을 떠나온 지 사흘째 되는 날입니다. 향교의 대성전[05] 참배, 문무과 별시의 시행, 회갑잔치의 예행연습 등을 진행하였습니다.

정조는 새벽 일찍 화성향교[06]로 향하였습니다. 대성전에 모셔진 유학자에게 예를 갖추어 참배한 후에 성전의 안팎을 살펴보고, 낡아 제 모습이 아니니 전부 수리하라 이릅니다. 조선시대 유학을 중시하는 관례와 정조의 학문에 대한 사랑이 담겨있는 것입니다.

두 번째 행사로 화성행궁 낙남헌에서 문무과 별시를 시행하였습니다. 이러한 별시는 왕이 문묘를 한 후에 치러지는 것으로 '알성시'라고도 합니다. 정조는 이날 시험에 응시한 자들의 지역과 거주 연한을 물어보고 성묘에 참여한 응시자 모두가 시험을 치를 수 있도록 배려하였습니다. 문과시험 문제는 '근상천천세수부(謹上千千歲壽賦)'로 혜경궁께서 오래 사시기를 기원하는 부(賦)[07]를 짓는 것이었으며, 무과시험으로는 활을 쏘는 시험이었습니다.

오후에는 정조가 융복을 입고 참석한 가운데 문무과 합격자 발표를 하였습니다. 합격증서인 홍패와 함께 꽃과 술 그리고 관대 등 예물을 하사하였습니다. 이날의 장원에게는 특별히 우산처럼 생긴 개(蓋)를 주었습니다.

---

05) 공자를 모신 사당이란 뜻으로 문묘라고도 한다.
06) 1291년 경기도 화성시 봉담면 와우리에 세워져 있던 것을 사도세자의 천장과 함께 현재의 수원향교 자리로 이전하게 된다.
07) 과거는 유교경전 실력, 문예창작 능력, 대책 같은 논술형 시험이다. 서(書), 시(詩), 부(賦)등이 있는데, '부'란 작자의 생각이나 눈앞의 경치 같은 것을 있는 그대로 드러내 보이는 한문 문체로 아름다운 글을 통한 풍유에 목적을 두고 있다. 1구 6언으로 30구에서 60구까지 지었다. '부'는 형식주의적이고 귀족적 성향을 띠고 있어 부정적인 시각이 있으나, 한문 문장의 다양한 표현을 개발하는 데는 큰 공헌을 하였다.

이날의 마지막 행사는 봉수당에서 진행할 아버지 사도세자와 어머니 혜경궁의 회갑잔치 예행연습인 '진찬습의'입니다. 혜경궁 홍씨도 예행연습에 임하였습니다. 내일 있을 '진찬례(進饌禮)'는 정조 즉위 20년(1776년 즉위, 1795년 을묘원행) 만에 궁궐 밖에서 이루어지는 큰 행사로 왕실의 위엄과 격식을 보여주는 중요한 의례인 동시에 정조의 벅찬 감회와 오랜 숙원에 대한 감격을 담은 중요한 행사입니다. 정조는 왕이 된 직후부터 '과인은 사도세자의 아들이다'라고 선언하며, 아버지 사도세자에 대한 효심을 나타내고 그 명예를 회복하려고 노력하였기 때문입니다.

그리고 시조 속 '영웅들'은 정조대왕과 함께한 걸출한 우리의 선조를 지칭합니다. 반딧불 눈은 '반딧불과 눈빛으로 공부한 공'을 뜻으로 형설지공을 의미합니다. 영웅들이 거대한 화성 축성 및 을묘원행과 같이 복잡하고 정교한 계획을 성공적으로 실행할 수 있었던 원동력임을 말하고 있습니다. 또한 이것은 정조대왕의 지혜와 통치 능력이 완성되었음을 뜻하는 표현이기도 합니다.

넷째 날(윤2월 12일)
화성에서의 둘째 날, 혜경궁 홍씨를 모시고 현륭원에 참배합니다

아버지 장헌세자 모셔진 현륭원에
옷소매 세월 끝에 혜경궁 모셔 오자
장밖에 서글픈 감회 억누르기 힘들다.

애닯고 비통하여 이 눈물 멎어질까
이 마음 말 못 하여 이제야 찾았구나.
아무렴 다시 만나리 연모하는 그대여.

오랜 꿈 이뤘구나 화성의 이날이여.
신하와 만민 백성 모두의 도움이라.
마음에 흩뿌린 눈물 오늘에야 그치나.

『화성원행의궤도』, 원제목 『원행정리의궤도』,
62.2X47.3cm, 국립중앙박물관 소장
정조가 그의 부친인 사도세자의 원소로
행차하는 장면을 그린 화첩식 의궤도.
종이에 채색하였으며 금가루도 사용하였다.
조선시대 의궤도 중에서 가장 아름답다.

위의 책자에 실려 있는 혜경궁 홍씨 회갑잔치에
사용된 준화(鐏花).
비단과 종이 등 다양한 재료 사용. 꽃술에는 꿀을
발라 송홧가루를 붙였다.

오랜 날 풍전등화 지혜와 어진 마음
신하도 탄복하고 온 백성 감화하여
열한 살 동궁 세자가 긴 소원을 이룬다.

팔달산 장대에서 효시를 높이 쏘자
장용영 외침 소리 대포의 포성 소리
낮부터 한밤중까지 용맹함이 불꽃 튄다.

오늘은 현륭원 참배와 오후와 야간에 두 차례의 군사훈련입니다. 정조는 새벽 일찍 군복을 입고 어머니를 모시고 현륭원으로 향합니다. 어가(御駕)는 상류천점 앞길에서 잠시 휴식을 취하였습니다. 현륭원에 도착하여 어머니에게 삼령차를 드리지만, 심기가 고르지 못하여 드시지 못하자 잠시 두라고 명합니다. 이어 혜경궁 홍씨가 묘 앞에 이르자 비통함의 울음소리가 밖에까지 들려왔습니다. 임오화변 후 처음으로 대면하니 비통함이 어떠했을까요.

정조는 크게 상심하는 어머니를 보고 어찌할 바를 모릅니다. 자신도 비통한 심정을 억누르며 어머니의 마음은 오죽하겠느냐며 어렵게 발걸음을 옮겼습니다. 홍살문 밖에 이르러서도 한동안 뒤를 바라보다가 신하들에게 돌아갈 것을 명했습니다.

이날 오후와 야간 두 차례의 군사훈련은 3,700여 명의 병졸이 참여한 가운데 시작되었습니다. 정조가 서장대에 오르고 지시가 떨어지자, 북과 나팔이 울리고 함성과 포성이 하늘을 진동시키는 맹렬한 공격과 방어전이 전개되었습니다.

밤에도 같은 장소에서 야간 훈련이 실시되었습니다. 횃불이 켜졌습니다. 성안 민가에도 대문 위에 등을 걸도록 하였습니다. 백성은 정조의 뜻을 한뜻으로 따랐습니다. 정조는 훈련이 끝난 뒤 장병들에게 궁시(弓矢, 활과 화살)와 포목 등을 상으로 주었습니다. 정조는 훈련을 통해서 군사들의 사기를 높여주는 참 군주였던 것입니다.

다섯째 날(윤2월 13일)
화성에서의 셋째 날로 성대한 회갑잔치가 열립니다

불로초 일월산천 죽송학 거북 사슴
성은이 해와 같아 어디 아니 밝겠는가.
옥처럼 빛나는 존영 만수무강 기원한다.

꽃에는 사화봉을 춤에는 선유락을
연주엔 여민락이 혜경궁 진찬례에
수작을 들어 올리며 천세천세 천천세.

8일간 행차의 가장 중요한 행사인 진찬례(進饌禮)는 어머니를 위한 날입니다. 봉수당에 마당에 보개[08]가 마련되고, 혜경궁과 정조의 자리가 준비되었습니다. 혜경궁이 앉을 자리에는 연꽃무늬 방석이 깔리고, 그 뒤에는 십장생 병풍이 둘러쳐졌습니다.

오전 9시경에 혜경궁과 정조가 등장할 때 여민락이 연주되었고, 자리에 앉자 향불이 피어오르고 음악이 멈추어 엄숙하면서도 격식이 느껴지는 자리가 되었습니다. 이어 혜경궁께 휘건이 바쳐지고 음식상과 꽃을 올리는 의식이 끝나자, 문무백관들이 예를 갖추어 절하였습니다. 정조가 술잔을 올리고 찬양의 말을 드리자, 혜경궁은 정조와 더불어 경사를 함께한다고 선포하며 술을 마셨습니다. 정조가 세 번 머리를 조아려 경의를 표한 다음 '천세천세 천천세'를 불렀고, 이어서 모든 참가자도 따라 했습니다.

모든 참가자에게도 음식과 꽃이 전달되자 춤과 음악이 시작되었습니다. 효행길의 가장 중요한 날의 입니다. 회갑연 상차림에 대한 자세한 기록도 『원행을묘정리의궤』에 담겨 있습니다. 효행길 8일 동안 무려 300가지가 넘는 산해진미가 나왔다고 합니다. 지금도 당시의 조리법을 이용한 음식이 개발되고 있답니다. 이 모든 음식은 단순한

먹거리가 아니라 정조의 효심과 왕실의 권위, 그리고 조선 최고의 요리 기술이 집약된 예술 작품이나 다름없습니다. 채화(綵花)는 어잠 사권화, 수공화, 준화와 상차림에 올려 장식하는 상화 등 많은 가짓수가 사용되었습니다. 비단이나 종이, 밀랍, 송홧가루 등을 이용해 실제 꽃처럼 정교하게 만들어져 진찬례의 화려함을 더했습니다. 춤으로는 몽금척을 비롯하여 헌선도, 하황은, 무고, 처용무, 학무, 향발, 수연장, 연화대, 검무 및 신라시대부터 내려온 선유락을 추었습니다. 노래도 어부사와 타령 등 다채롭게 불렀습니다. 조선 건국 이래 이렇게 아름답고 성대한 잔치는 없었습니다.

여섯째 날(윤2월 14일)
백성과 함께하는 양로연과 불꽃놀이 등의 행사가 열립니다.

백성에 쌀 나누고 양로연 열었으니
모두가 인심 좋고 내일도 좋겠지요.
빈객의 서생원님도 방방곡곡 눈망울

흰쌀죽 배부르게 부침개도 내어놓아
양고기 돼지 수육 맛 좋다 하거니와
내 것도 드셔보시오, 자네 것도 좋군요.

노인들 흥이 나서 꽃 들고 비단 들고
얼씨구 어절씨구 아리랑 아라리오.
이 세상 행복이구려, 천세천세 천천세.

기쁨의 해 기울자 활쏘기 달빛 축제
질쏘냐 매화 불꽃 아이들 깜짝 놀라
궁 밖도 함께 즐긴다 천세천세 천천세.

4일간의 마지막 행사일입니다. 오전에 가난한 백성에게 쌀을 나누어

---

08) 보개(寶蓋): 한자 그대로 풀이하면 '보배로운 덮개'라는 뜻. 신성한 대상이나 높은 신분을 가진 인물을 위한 특별한 덮개. 일종의 햇빛이나 비, 솔방울 등의 가림막 같은 것을 말함.

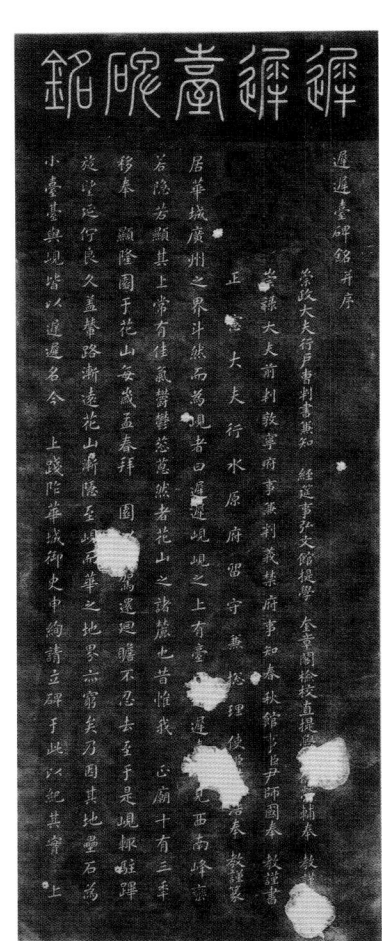

『지지대비 탑본(遲遲臺碑 搨本)』, 150x60cm, 수원화성박물관 소장
정조의 지극한 효성을 추모하고 본받기 위하여 1807년(순조 7)에 세운
지지대비의 탑본이다. 비의 내용을 보면 현륭원을 참배하고 돌아갈 때
사도세자에 대한 애틋함과 그리움, 효심이 잘 표현되어 있다.

주고, 고을의 노인들을 위로하는 양로연이 열렸습니다. 정조의 따뜻한 마음 덕분에 모두의 마음이 너그러워지고, 내일이 더 좋아질 거라는 기대감이 가득한 모습을 보여줍니다. '빈객의 서생원(鼠生員)님'은 전국 각지에서 소문을 듣고 구름처럼 모인 가난한 백성을 뜻합니다. 임금의 자비로운 통치로 백성 모두가 기쁨을 누리는 분위기로 시작하고 있습니다.

세상의 온갖 맛있는 음식들이 차려지자 서로 음식을 나누고 덕담을 주고받는 정겨운 잔치 분위기입니다. 음악이 울려 퍼지자 저절로 흥이 나고 노래와 춤이 나옵니다. 이 세상 더없이 행복하여 왕실의 안녕을 기원합니다.

오후에는 방화수류정을 시찰하고, 득중정에서 수행한 신하들과 함께 활쏘기 대회와 불꽃놀이 행사를 열었습니다.

화성 주민들에게 쌀을 나누어 주는 행사는 신풍루에서 열렸습니다. 대상자는 사민[09]과 진민[10]이었습니다. 화성부 인구 6만 명 중 10분의 1이 368석의 혜택을 받았으므로 형식적이지 않았음을 알 수 있습니다.

두 번째 행사는 낙남헌[11]에서 노인들에게 잔치를 베푸는 일이었습니다. 정조는 초대받지 못한 사람들과 관광 나온 노인들에게도 술과 음식을 대접하라고 했습니다. 음식을 나누어주자, 모두 천세를 외쳤습니다.

예정된 행사가 거의 끝나자, 정조는 화성에서 가장 아름다운 방화수류정으로 갔습니다. 이곳은 장안문, 화홍문, 유천, 용연, 광교산과 어울려 평상시는 시적인 정취를 자아내는 곳이자, 화성 동북방 방어로 중요한 장소입니다.

이날 마지막 행사는 득중정에서 신하들과 활을 쏘는 것이었습니다. 정조는 학문도 뛰어났지만, 무예와 활쏘기도 뛰어났습니다. 정

09) 사민(四民, 환과고독): 홀아비, 과부, 고아, 독거노인
10) 진민(賑民): 구휼이 필요한 사람, 가난한 사람
11) 이날 1년 8개월 후인 1796년 10월 16일(음 9월 15일)에 수원화성 준공식인 '낙성연'이 열림. 정조가 마련한 궁중 행사이지만, 당시 한양 궁궐에 홍역이 창궐하여 세자 보호차원에서 불참. 지금도 10월에는 수원화성문화제가 열린다.

조는 이날 활쏘기에서 단연 우승자였습니다. 신하들이 고의로 양보했을지도 모르지만, 정조의 활 솜씨가 뛰어난 것은 사실이었습니다. 저녁이 되자 야간 활쏘기에도 참가하였습니다. 이윽고 땅에 묻은 화약을 터트리는 불꽃놀이인 매화포(埋火砲)를 터뜨렸습니다. 당시 이를 처음 본 아이들은 놀라서 도망갔다고 합니다. 작가는 이 글에서 '매화(梅花)'가 만개하여 터지는 듯하여 더욱 축제 같고 환상적인 분위기를 나타내고자 하였습니다. 그야말로 먹을 것과 볼거리, 즐길 거리가 풍성합니다.

이 모든 즐거움이 단순히 궁 안에서만 벌어지는 것이 아니라 '궁 밖도 함께 즐긴다'고 하여, 임금의 은혜와 축제가 온 백성에게 두루 미치고 있음을 강조합니다. 그리고 다시 한번 임금의 무병장수와 태평성대를 기원하는 '천세천세 천천세'로 마무리하며, 임금과 백성이 하나 되는 행복한 밤을 노래하고 있습니다. 화성에서 4일간의 일정이 마무리되었습니다. 정조의 말처럼 천년에 한 번 열 수 있는 기회를 완성한 행사였습니다.

일곱째 날(윤2월 15일)
화성에서의 다섯째 날로 귀경길 도중 지지대 고개에서 발길을 멈추고 현륭원을 뒤돌아봅니다

앞서니 남인 실학 뒤서니 노론 북학
이치는 실사구시 조선의 개화 꿈꿔
수많은 강을 비추는 달과 같은 임금님[12]

현륭원 하직하고 귀경길 노송지대
어느 날 다시 뵐까 잊힐까 슬프구나.
지지대 고개 위에서 돌아보며 가누나.

---

12) 만천명월주인옹(萬川明月主人翁): '만천'이란 조선 8도의 모든 물길로 '백성'을 의미하며, '명월'은 백성을 헤아리는 '밝은 달(임금)'이라는 뜻. 이는 세손시절 스승인 김종수가 만천명월처럼 되라는 가르침에서 나온 표현으로 정조가 자신을 이와 같이 칭하였다.

아침 진시(辰時, 오전 7~9시)에 화성행궁을 나온 정조는 어가가 지나간 뒤에는 차례로 척후병을 철수하라 명했습니다. 이어 행차가 미륵현에 도착해서 현륭원이 보이지 않게 되자 신하에게 명했습니다. '이 미륵고개에 오면 떠나기 싫어 거동을 멈추고 한참 동안 남쪽을 바라보게 되고 나도 모르게 발걸음이 느려진다'며 '이 자리에 지지대라는 표석을 세우라'고 하였습니다. 이는 현륭원에 모셔진 아버지 사도세자와 점점 멀어지는 안타까운 마음의 표현입니다. 지금도 이 고개를 '지지대 고개'라고 부르고 있으며 1807년(순조 7)에 지지대비를 세우며 정조의 아버지 사도세자에 대한 애틋함과 그리움을 기리고 있습니다.

점심 무렵에 사근참행궁에 도착하였습니다. 정조는 어머니보다 먼저 도착하여 지역 관리들을 불러 고을의 폐습이나 폐해가 없는지, 그리고 백성의 어려움이 없는지 물어보고 그 해결책의 방안을 언급하였습니다. 이윽고 혜경궁 가마가 도착하자 안으로 모셔 점심을 드렸습니다.

점심 후 행차가 다시 시작되었습니다. 안양교에 이르자 잠시 휴식을 취하며 어머니께 미음다반을 드렸습니다. 이어 시흥행궁에 도착하였습니다. 정조는 먼저 도착하여 시설을 점검하고 안으로 모시고 저녁 음식을 올려 드렸습니다.

여덟째 날(윤2월 16일)
화성에서의 여섯째 날, 백성들과 직접 대화를 나누고 한양으로 돌아옵니다

백성을 불러내어 대화를 나누고서
환곡을 탕감하고 온전을 베푼 정에
정조의 말씀 듣고서 송축하며 물러난다.

원행길 아쉽구나, 장승배기 비껴 지나
뱃사공 치하하고 신하들을 격려한다.

배다리 잔잔한 강물 왕 마음과 같이한다.

한강을 건너온 후 삼각산 산봉우리
종묘를 바라본다, 돌아온 창경궁아.
그렇지 아리랑 세상 아라리오 아리랑.

정조는 아침 묘시(卯時, 오전 5~7시)에 시흥행궁에서 나오면서 시흥현령에게 자기 경내의 연로한 노인과 백성들을 데리고 자신이 지나는 길에 나와 대기하고 있으라고 명했습니다. 행렬이 문성동 앞길에 도착하자 백성들을 직접 불러 고충을 물어보았습니다. 그들이 어려워하며 말을 못 하자 재차 독려하며 물어보았습니다. 그러자 어렵게 흉년 등으로 곡식을 빌렸던 이야기와 호역에 대한 폐단 등을 이야기했습니다. 정조는 그 자리에서 지난가을의 환곡은 연기한다고 이미 영을 내렸지만 이를 모두 탕감할 것이라고 했습니다. 호역이란 해마다 정월에 임금이 행차할 때마다 길에 나와 눈을 치우고, 길 닦는 일 등 백성이 동원되는 것을 말합니다. 이에 대해 비변사가 관리들과 의논하여 폐단을 줄일 수 있는 방안을 세우도록 하고 그 결과를 보고하도록 하였습니다.

정조는 자신의 은택이 아래로 미치지 못하고, 궁궐 깊은 곳에 있어서 일일이 백성의 병고를 자세히 알지 못한다며 앞으로 행차가 지날 때마다 민정을 자세히 모을 것이라 위로하였습니다. '온전을 베푼 정'은 완전한 은혜와 진심 어린 마음을 의미합니다. 이러한 임금님의 자비로운 조치에 백성들은 감격하고 송축하며 물러났습니다. 왕과 백성이 소통하고 화합하는 아름다운 치세를 보여주는 장면입니다.

행차는 다시 길을 떠났습니다. 번대방평에 이르러 정조는 어머니께 미음다반을 드렸습니다. 이윽고 노량행궁에 도착하여 어머니를 용양봉저정으로 모시고 점심을 올려 드렸습니다.

기나긴 원행길의 막바지에 접어듭니다. '원행길 아쉽구나'라는 표현에서 이 위대한 여정을 마무리하는 데 대한 미련과 함께, 성공

『화성능행도병(華城陵幸圖屛)』의 여덟 폭짜리 병풍 중 일부분,
국립중앙박물관 소장
위의 그림은 김득신·최득현·이인문 등에 의해 병풍으로 제작된 것이다.
한강을 건너오는 혜경궁 홍씨와 정조를 맞이하는 유생과 백성의 모습을
담고 있다.

적으로 완수한 데 대한 만족감이 교차합니다. 장승배기는 한양으로 돌아오는 길목입니다. 목적지가 가까워지고 있음을 알려줍니다. 한강 배다리를 건너면서 임금은 배다리 건설과 관리에 힘쓴 뱃사공들을 특별히 치하하고, 행차를 준비하고 진행하느라 고생한 신하들을 격려합니다. 마지막 구절인 '배다리 잔잔한 강물 왕 마음과 같이한다'는 임금의 마음을 아는 듯 강물까지 존경심을 표하는 자세이자, 강물처럼 편안하고 흡족함을 비유적으로 표현한 정조의 마음이기도 합니다.

마지막 연은 드디어 한양으로 돌아온 정조의 깊은 회포를 그려냅니다. 한강을 건너오고, 곧이어 삼각산 산봉우리(북한산)가 보이는 풍경은 임금의 고향이자 왕국의 중심인 한양의 상징입니다. 정조는 왕실 조상의 위패가 모셔진 '종묘'를 바라보며 성공적인 행차에 대한 감사의 마음을 다졌을 것입니다.

'그렇지 아리랑 세상, 아라리오 아리랑'은 전통 민요의 흥겨운 가락입니다. '아리랑'은 기쁨과 슬픔으로도 표현하여 부를 수 있는데 우리의 정서를 나타내는 '흥'과 '한'을 의미하며, 최종적 결합은 정(情)입니다. 다른 민족은 이해하기 어려운 한민족을 대표하는 비밀스러운 코드와도 같은 노래입니다. 여기서는 성공적으로 마무리된 이 여정에서 백성과 임금도 모두 평화롭고 행복한 태평성대를 맞이하게 되었음을 축복하는 표현입니다. 근심이 해소되고 기쁨과 만족으로 가득 차고 함께하는 세상 즉, '대동세상'을 노래합니다.

을묘원행이 단순한 이동이 아니라 애민과 효, 그리고 왕권 강화라는 다층적인 의미를 성공적으로 달성한 위대한 여정이었음을 생생하게 보여줍니다. 한 지도자가 자신의 이상을 실현하는 감동적인 드라마입니다.

이제 정조는 한강 배다리 건설의 총책임자인 신하를 불러, 내일 다리를 철파하고 배들을 내려보내 뱃사공들이 불편하지 않도록 하라고 명하였습니다. 배다리는 정조의 명대로 다음날, 즉 윤2월 17일에 해체되었습니다. 다리를 놓은 지 23일째였습니다. 8일간의 성대한 효행길이 막을 내렸습니다. 이렇게 하여 천년에 한 번 이룰까

말까 하는 역사가 쓰여졌습니다.

8일간의 화성행차가 끝난 후 혜경궁 탄신일 기념행사와 의궤를 정리합니다

혜경궁 탄신하신 유월의 열사흘은
신하들 뜻하지만 소박하게 치루어라.
창경궁 연희당에서 다시 한번 모시네.

천년의 축제여라 기록을 남기어라.
많은 이 기억하고 이 행사 빛내어라.
서로를 존경하여라 행복하게 살아라.

부모를 언제 볼까 효도를 아뢰어라.
풍운도 한때이니 늦었다 원망 마라.
그대여 세월 흐르니 다시 한번 새기라.

효도를 아뢰어라 늦었다 원망 마라.
그래야 좋은 세상 그래야 밝은 세상
그렇지 아리랑 세상 아라리오 아리랑.

옛날은 그러한데 지금도 그러한가.
윗사람 아랫사람 꿈꾸는 대동세상
그 이치 우리가 모두 실행하면 이루리.[13]

정조는 스스로 천년에 한 번 올까 말까 한 기회라 하며 동갑인 부모에 대한 회갑연을 아버지 생일날에 맞추어 치렀습니다. 그러나 실질적인 어머니의 생일은 6월 13일이었습니다. 참으로 그냥 지나기

---

13) 격물치지(格物致知). 만물의 본질을 파악하고 이를 통해 자기 수양을 이루어 궁극적으로 이상적인 사회를 건설하고자 했던 유교 사상의 핵심 탐구 자세.

어려웠을 것입니다. 신하들 요청에 의하여 열리기는 하였으나, 검소하게 열도록 지시하고 창경궁 연희당에서 개최합니다.

끝맺음으로 효행을 권하며 다시 한번 '그렇지 아리랑 세상, 아라리오 아리랑'을 부르며 대동세상, 세상의 평화를 노래하고 있습니다. 정조는 이 모든 행실을 의궤에 정리하여『원행을묘정리의궤』의 반차도를 인쇄하고, 이를 바탕으로『원행정리의궤도』를 그립니다. 또한 다수의『화성능행도병』을 그려서 궁중과 공로가 큰 신하들에게 나누어 널리 알리도록 합니다.

이듬해인 1796년 1월 수원화성을 다시 방문하고 위와 같은 시로 부모에 대한 지극한 사랑을 남깁니다

아버님에 대한 그리움으로
밤이 새도록 잠을 이루지 못하다가
오늘 또다시 화성을 찾아왔네.
궂은 비는 능침에 부슬부슬 내리고
사무치는 내 마음은 재전[14]을 배회하네.
이곳에서 사흘 밤을 더 머문다 한들,
아버님에 대한 그리움은 더욱 커질 뿐이라네.
발길 떨어지지 않는 지지대 길 위에서 바라보니
오운(梧雲)[15]이 멀리서 피어나네.

晨昏不盡慕(신혼불진모), 此日又華城(차일우화성)
霡霂寢園雨(맥목침원우), 徘徊齋殿情(배회재전정)
若爲三夜宿(약위삼야숙), 猶有七分成(유유칠분성)
矯首遲遲路(교수지지로), 梧雲望裏生(오운망리생)

정조는 이와 같은 그리움을 표현한 오언율시로 죽음을 예감한 듯합

---

14) 재전(齋殿): 능 옆에서 제사를 지내는 건물
15) 오동나무 구름으로 현륭원 묘소를 상징하는 것으로 눈에 선하여 그리워진다는 의미

『규장각도(奎章閣圖)』, 155.5x143.2cm, 국립중앙박물관 소장
정조가 1776년 즉위한 후 선왕들의 어필과 어제를 봉안하기 위해
창덕궁 내에 규장각을 창설하도록 하였다.
이후 학술과 정책을 연구하는 기관의 중심이 되었다.
화면의 중앙에 규장각을 강조하여 표현하고 사방에 부속 건물과
주변 경치를 에워싸듯이 묘사하였다. 단원 김홍도 그림.

니다. 마지막 효행길은 사도세자의 탄신일인 음력 1월 21일을 즈음한 1800년 같은 달의 추운 날이었으며, 그해 음력 7월 14일(향년 47세) 승하하셨습니다.

마무리하며 –
8일간의 원행은 부모에 대한 효(孝)의 궁극적 표현입니다

사도세자는 임오화변을 당한 후에 배봉산에 묻혔습니다. 영조는 그 묘호를 수은(垂恩)라 하고 세자에게 '사도(思悼)'라는 시호를 내립니다. 정조가 임금에 즉위하면서 '장헌(莊獻)'으로 추존하고, 수은묘를 영우원(永祐園)으로 격상시킵니다. 이렇게 정조는 자신의 아버지인 사도세자의 명예를 회복시키기 위해 각별한 노력을 기울입니다. 그리고 창경궁 옆에 사당인 경모궁을 마련하여 매월 행차하여 살피곤 하였습니다.

즉위한 해 어느 날, 신하로 하여금 영우원을 살피게 하던 중 향탄산(香炭山)과 위전(位田)이 없는 것을 알고 격분하였다고 합니다. 이는 제수 비용의 조달이 원활하지 않아 사도세자에 대한 제향이 소홀했다는 것을 의미했습니다. 급기야 영우원의 천장(遷葬)을 고려하게 됩니다. 1789년(정조 13)에 영우원을 화산으로 옮긴 후 현륭원으로 부르고, 장헌세자의 명복을 빌기 위해 왕실의 원찰인 용주사를 창건하게 됩니다.

민생의 안녕을 도모하기 위해 만석거, 만년제, 서호(축만제) 등 여러 곳의 저수지를 건설하여 가뭄에 대비하고, 위전을 운영하였습니다. 더욱이 현륭원에서 가까운 광교산은 향과 숯을 구하기 용이하였을 뿐만 아니라 드넓은 농지는 농업 생산량을 늘리기 좋았습니다. 현륭원으로의 천장은 그야말로 일석삼조의 조치로 정조는 매우 마음에 들어 하였습니다. 또한 주변에는 무려 520만여 주의 나무를 심어 울창한 숲을 가꾸며 격식을 갖추어 갑니다. 현륭원의 능침 관리 인원은 최종적으로 무려 137명에 이르게 되었습니다.

한편, 현륭원의 지속적인 관리를 위하여 다방면의 많은 업무를 추진하였습니다. 특히 화성 지역의 모민(募民)에 대한 노력입니다. 예를 들면, 화성과 현륭원의 풍수를 보았던 신하와 사도세자에게 한약을 지어준 신하, 사도세자의 무고함을 상소하고 복권을 주장하다 처벌받은 신하의 자식 등에게 시험을 볼 수 있는 기회를 주거나 그에 맞는 직급과 집을 지을 수 있는 토지를 내려줍니다. 이러한 노력은 이주를 권장하여 인구를 늘리고자 하는 일환인 동시에 아버지 사도세자에 대한 효의 표현으로 볼 수 입니다.

정조 이산(祘)의 아버지에 대한 그리움은 1800년 1월 한겨울에 현륭원에 다녀간 것을 보아서 승하할 때까지도 계속되었다는 것을 알 수 있습니다. 정조는 어머니가 겪었을 고통을 이해하고 슬픈 마음을 오랜 세월 인내와 지혜로 이겨냈습니다. 문관의 핵심 인재들을 규장각에 모았으며, 군권도 노론 세력이 장악하고 있었지만, 장용영을 설치하여 강력한 왕권을 뒷받침하는 핵심 기구로 자리 잡게 됩니다. 조선의 성군으로서 모든 압박 속에서도 선정을 베풉니다. 그것은 세종대왕 이후 조선의 문화, 사회, 정치, 민생 등 모든 분야에 걸쳐 꽃피울 수 있는 원동력이 되었으며, 후일 그를 '정조대왕'이라고 부르는 이유이기도 합니다.

정조의 을묘년 8일간 효행(원행)길은 왕권의 존엄성을 표현하고 백성에게 애민정신을 보여준 것이자, 정조가 꿈꾸었던 이상 도시인 수원화성에 대한 완공식이며 아버지 사도장헌(莊獻)세자와 어머니 혜경궁 홍씨에게 바치는 성대한 헌정식으로 효(孝)의 궁극적 표현입니다. 이는 조선시대뿐만 아니라 세계적으로도 유래를 찾아볼 수 없는 가장 아름다운 행차로 우리 모두 영원히 기억해야 할 유산입니다.

글: 이 을

추 천 사
정조대왕의 효행길: 이 을 작가의 서사시조

정조대왕의 위대한 여정, 그 감동과 역사를 시조로 만나다

정조대왕의 수원화성 효행길은 조선 후기 가장 극적이고 의미 깊은 역사적 순간 중 하나입니다. 아버지 사도세자에 대한 깊은 효심과 어머니 혜경궁 마마를 향한 지극한 사랑, 그리고 백성과 소통하며 개혁을 꿈꾸었던 정조의 이상이 응축된 이 여정은 오늘날까지도 많은 이들의 가슴을 울립니다.

이을 작가의 서사시조 『정조대왕의 효행길』은 바로 이 웅장한 역사의 순간들을 시조라는 전통적 형식에 생생하게 담아낸 걸작입니다. 이 작품은 단순한 역사적 나열을 넘어 시조 특유의 함축된 미학과 운율을 통해 등장인물들의 내면과 당대 백성들의 정서를 섬세하게 포착합니다.

임오화변의 비극적 서막부터 시작해 창경궁을 떠나 수원화성에 이르는 길에서의 다채로운 풍경과 감정, 현륭원에서의 애절한 참배, 혜경궁 마마의 성대한 회갑연, 그리고 백성과 함께 호흡하는 왕의 모습까지, 41수의 시조 하나하나가 마치 생생한 그림처럼 독자의 눈앞에 펼쳐집니다.

독자는 정조대왕의 발자취를 따라가며 그 시대의 숨결을 함께 느끼게 됩니다. '한중록 모월 일들을 언급할 수 있으랴'에서 느껴지는 정조의 깊은 고뇌, '혜경궁 사도세자 오작교 비유한다'에서 드러나는 지극한 효심, '온 백성 한마음으로 거친 길도 닦는다'에서 보이는 왕과 백성의 뜨거운 유대감 등 시조 한 구절 한 구절에 깊은 의미와 감동이 담겨있습니다.

시조의 형식 안에 방대한 역사적 사실과 등장인물들의 깊은 감정을 오롯이 담아낸 점이 돋보이며, 시조 특유의 간결하면서도 울림있는 표현 속에 잘 녹아 있습니다. 특히 각 날짜별 여정을 소제목으로 나누어 시조를 배치함으로써, 긴 서사시조임에도 불구하고 여정의 흐름을 따라가기 쉽게 구성한 점이 또한 좋습니다. 이는 역사 교육 자료로서의 가치뿐만 아니라, 문학 작품으로서의 깊이와 재미를 동시에 제공합니다.

결국 『정조대왕의 효행길』은 역사적 사실의 정확성 위에 시적 상상력과 감수성을 더하여, 역사서의 진중함과 시조의 서정성을 동시에 선사합니다. 이는 문학적 성취와 더불어 정조대왕의 효행과 리더십을 이해하는 귀중한 창구가 될 것입니다.

이 책은 정조대왕의 효심과 개혁 정신을 기리고 싶은 분들, 그리고 한국 전통 문학인 시조의 아름다움을 느끼고 싶은 분들께 적극 추천합니다. 이을 작가의 탁월한 문학적 감성을 통해 되살아난 정조대왕의 효행길을 따라가며, 시대를 초월하는 감동과 지혜를 만끽해 보시기 바랍니다.

글: 유 성 철 (시인·시조시인)

참고 도서

국사편찬위원회, 「조선왕조실록」 중 「정조실록」

서울대학교 규장각한국학연구원, 「원행을묘정리의궤」 「화성성역의궤」

김준혁, 「화성, 정조와 다산의 꿈이 어우러진 대동의 도시」, 더봄, 2017

이수광, 「사도세자 비밀의 서」, 아시아, 2014

정해득, 「정조시대 현륭원 조성과 수원」, 신구문화사, 2009

한영우, 「정조의 화성행차, 그 8일」, 효형출판, 1998

한영우, 「반차도로 따라가는 정조의 화성행차」, 효형출판, 2007

참고 사이트

국가유산청

국립중앙박물관

국립고궁박물관

국사편찬위원회

규장각한국학연구원

수원특례시

수원화성박물관

수원문화원

수원일보

위키백과 외

글 이 을

가사문학의 본고장인 담양에서 태어났다. 어린시절 잠시 이곳에서 살았다.
홍익대학교에서 시각디자인을 전공하고 광고 카피라이팅과 디자인 활동을 하며
책을 쓰기 시작하였다. 미술생도 답게 오랫동안 단원 김홍도에 관심을 가지면서
자연스럽게 조선시대의 역사를 연구하게 되었다.
저서: 동화책 〈뻥튀기(초등 국어교과서 수록)〉, 〈아프리카에 간 뻥튀기 아저씨〉
〈파랑 피에로와 친구들(국립장애도서관 점자도서선정)〉,
〈파랑 피에로와 친구들 스토리 컬러링〉, 시집 〈비자림 보물찾기〉가 있다.

제목글씨 이 규 복

원광대학교 미술대학 서예과 졸업, 동대학원 박사과정 수료.
한국서예사 및 캘리그라피에 대한 저술 활동을 활발하게 펼쳐 오고 있다.
저서: 〈실전캘리그라피〉, 〈실전캘리그라피2〉, 〈쉬운전각, 쉬운수제도장〉,
〈뜻밖의 인문학 캘리그라피〉, 〈조선시대 한글 글꼴의 형성과 변천〉,
〈장서각 소장 낙선재본 소설 서체 연구〉,
〈한글 궁체 – 숨겨진 역사를 찾아서〉 외 다수가 있다.

제목은 조선시대 고전 궁체의 범본인 '옥연중회연'을 바탕으로
이규복선생이 쓴 글씨이다.

궁중기록화와 함께 보는 효행이야기

정조대왕의 효행길

초판 발행 2026년 01월 15일
글 이 을 **제목글씨** 이규복 **그림복원** 이서원원화복원팀 **디자인** 이재은 **교정** 고우정
펴낸이 고봉석 **책임편집** 윤희경
펴낸곳 이서원 **주소** 경기도 성남시 분당구 중앙공원로 17, 311-705
전화 02-3444-9522 **팩스** 02-6499-1025 **이메일** books2030@naver.com
출판등록 2006년 6월 2일 제22-2935호 **ISBN** 979-11-89174-43-9

이 도서는 2025년 문화체육관광부의 '중소출판사 도약부문 제작지원' 사업의 지원을 받아 제작되었습니다.